季·忆

贺慧娴◎著

中国纺织出版社
国家一级出版社
全国百佳图书出版单位

图书在版编目（CIP）数据

季·忆 / 贺慧娴著 . — 北京：中国纺织出版社，2019. 1
ISBN 978-7-5180-5691-0

Ⅰ. ①季… Ⅱ. ①贺… Ⅲ. ①诗集—中国—当代②散文集—中国—当代③旅游摄影—中国—现代—摄影集 Ⅳ. ①I217.2 ②J426

中国版本图书馆 CIP 数据核字（2018）第 264188 号

责任编辑：沈 靖　　责任校对：王花妮　　责任印制：何 建

中国纺织出版社出版发行
地址：北京市朝阳区百子湾东里 A407 号楼　邮政编码：100124
销售电话：010 — 67004422　传真：010 — 87155801
http://www.c-textilep.com
E-mail:faxing@c-textilep.com
中国纺织出版社天猫旗舰店
官方微博 http://weibo.com/2119887771
北京市雅迪彩色印刷有限公司印刷　各地新华书店经销
2019 年 1 月第 1 版第 1 次印刷
开本：880 × 1230　1/32　印张：3.5
字数：27 千字　定价：68 .00 元

前言

生活的道路，

宽广而又遥远，

那些忙碌的人们，

视沿途的风景，

为真诚的陪伴，

一生守护。

目录

contents

夏记 025

冬歌 073

R O W

春意

樱花的香，
与年少的孩童媲美，
就像那飞往天际的大雁，
追逐永远不愿落去的太阳。

爱是什么

爱是什么？
爱是明亮的夜空，
爱是夜空下伫立的松柏，
爱是松柏旁的木桌木椅，
爱是坐在小木椅上，
围着篝火聚会的一群好友。

爱是什么？
不是人们在寻找爱，
是爱在寻找人。

那夜空是爱的脸庞，
那松柏是爱的臂膀，
那桌椅是爱的双手，
我们这群还未老去的朋友，
坐在爱的手上，
弹唱，欢跳，
一刻也没离去。

爱是什么？
不是人们在寻找爱，
是爱在寻找人。

午后的春意

三点半的莱克星顿，
咖啡小馆迎来新客。
亟待发芽的松月樱，
趁午后的春阳，同路人招手。

窗外的白云，
停驻在对街的房檐上。
渐变的光线装饰着棉云，
像极孩童喜爱的小彩帽。

云下的房檐，
有块露天阳台，
零星几株去年栽种的旧枝，
静待主人下班归来，换上新盆。

三点半的暖阳，
拥簇着渐增的行人。
随风摇曳的松月樱枝，
和房檐旁金灿灿的烟囱，
伴着放学归来的少年。
那少年们，谈笑风生、无忧无虑；
我，坐在咖啡馆的窗角，
听着 20 世纪 80 年代的爵士……

你看那花

你看那花，
默默无语。
与杂草丛生，
与落叶为伴；
任枯枝吹落，
任屋内人欢笑。

你看那花，
房前屋后，静静开放，
独自望向寂静的长空。
夜半风起，雨露来访，
窗内的人儿睡意浓，
窗外的花儿却未眠，
欣喜地观看那夜里的故事。

风中摇曳的花儿，
欣然注视对岸桥上的行人，
欢笑、喜乐，相拥、倾诉；
天空飘起细雨，
雨滴落在恋人的脸上，
雨滴停在小女孩的指尖；
无家可归的流浪者，弹奏着淋湿的吉他；
十字路口的哈士奇，慵懒地跟随伞下的主人回家去。

春华秋实，斗转星移，
无数个相似的故事、相同的夜晚，
唯有那花，
任风吹雨打，
任屋内人倾诉，
与青苔共生，
与朝霞相视。
点灯的人家刚苏醒，
她笑着与星星说再见。

波士顿的四月

波士顿的四月，
你时而停在冬末，
让天空骤降飞雪，
薄薄一层白纱，
披在大地的身上，
温柔又动人。

波士顿的四月，
你时而来到立春，
借着第一缕阳光，
让清晨冰融的小溪，
和青翠的叶芽，
送来春暖花开。

波士顿的四月，
你时常跳到夏至，
偶有一些浮云，
与蜻蜓点水相遇，
阵雨落在荷叶上，
湖面迎来微微和风。

波士顿的四月，
你不曾闯入秋季，
因为春风继续吹，
吹遍你的花期，
带我回到那年花开，
还能闻见阵阵芳香。

致青年节

生命的春天，
你在那樱花瓣的雨滴上；
生命的春天，
你在那跑鞋粘到的泥土中；
生命的春天，
你在喷泉前教堂的钟声里；
生命的春天，
你在未被踏足的绿野中。

生命的春天啊，

你还会停留在哪里呢？

在蒲公英的身上，随风飘落？

在高山的泉水中，顺势而流？

生命的春天啊，

还会停留多久呢？

片刻，抑或半个世纪？

一个正在旅途中的青年朝我走来，
他什么也没带，
却什么也不愁，
除了那坚定有力的步伐，
好像真的一无所有。
路边的鸟儿叽叽喳喳，
似乎也嘲笑这青年的装备。

可生命的春天，
你打开了智慧的门。
这铿锵的脚步声，
就是你的呼唤：
“只要青年的心永远活着，
生命的春天，
便永不凋零。”

小城

住在这座安静的小城，
所庆幸的，
是她的呼吸通畅，
是她的思维运转，
思考她所喜悦的，
探寻她所好奇的。

这不是为了业绩，
亦不是因为叛逆，
也不是想要取悦，
更不是为了挑战；
这只是她本能的反应，
和她自如的心跳。

我写诗的理由

我写诗，
是因为那天我敲你的门，
我用手堵住门的猫眼，
让你看不见我，
你却知那定然不是别人。

我写诗，
是因为邻居家的小腊肠犬，
嚷着跳着让小主人陪它玩球，
小主人将它的球抛出去，
它就飞快地跑去叼回来，
还给小主人，一次次重复。

我写诗，
是因为那大你要去服役，
我们站在秋末的街市，
用心许了彼此的约，
这一等，就是好多年。

我写诗，
是因为八岁那年养的狗狗，
被爷爷送去远方的车站，
不想让它找到回家的路。
可竟有一天，它站在我的窗前，
浑身泥巴，眼泛泪光。

我写诗，
是因为童年看到的第一场雪；
是因为某个夜晚，小院的昙花一现；
是因为一次正午，哥哥坐在藤椅上斗蛐蛐；
是因为那个未能赶来见父亲最后一面而懊悔的悲容；
是因为这临终的春季；
也是因为这期盼了许久的立夏。

夏记

每当乌云密布的时候，
你可曾记得，
那乌云的上方，
依然是蓝天。

阿卡迪亚游记之海岛落日

轻轻地，你来了，
来到山海之间，来到丛林之中。

你站在山海间，巨石被海水扑打，
屹然挺立的礁岩，踏入你的足迹；
你站在丛林中，杉木被雷鸣击垮，
此起彼伏的山鸣，也压不住你的沉静。

我提着脚踏鞋，背对你，
一路摸着巨石，一路穿过砂岩，
一路摘着衫叶，一路漫步山林。
刺骨的海水，柔情的岛湖，
都成了我的陪伴。

那蜿蜒盘旋的绿带，
牵着安静的小鹿，拥着热闹的人潮，
渗过你的金光，延向大洋，伸向云团。
大山是你的靠背，湖海是你的侧影，
白云为你披衣，山海愿你回眸。
夕阳将西下，我向你追梦……

天际的云彩，墨绿的山川，
镶满金边的海岸，
山河，小鹿，人家，
都不敢夺你的风采。
可是，轻轻地，
你还是走了，
走向山海之间，
走入丛林之中。

远处的渔大点亮星灯，
古老的山石即将入眠，
身旁的人啊，忙着抓拍，
我却一秒也不敢眨眼。

彩石溪·小记

山楂，核桃，板栗，

白桦，恺树，母益，

溪水直流入人家，

遥望俯瞰小趣。

习字而已

习字，

笔墨纸砚间，

如寒鸦戏水，

如渔舟唱晚，

如秋月平湖，

如高山流水，

时而温文儒雅，

时而静谧可没。

习字，
砚台笔墨未撤，
人却在字里行间幽会，
门前小溪，
古树枯藤，
远处晚钟回鸣，
夜下渔夫久不靠岸……

可，习字就是习字，
哪有如此多的情怀……
如此，不就是
墨待磨，
字待练，方可？
习字而已。

不言不语

不言不语，
一晃就是半个世纪。
不卑不亢，
却也迎来山崩地裂。

路上的行人纷纷逃去，
只有女孩不愿离开，
她的长发，被微风轻拂，
她的身影，又等待着谁？

夜幕垂下身躯，
众星环绕着她，
一缕薄云飘过，
陪伴，也抚慰。

那往昔带着柔光的河畔，

游来一群夜归的野鸭，

伴着晚风，

伴着她……

一晃，

就是半个世纪。

碳小伙

我是一个碳小伙，
我来自旷野。
火山是我的窝，
鸟儿不敢靠近；
浆岩是我的伴，
鱼儿从未见过。

那日，山中来了一群人，
长钩将我挖出，
卡车将我兜走，
我被领去看鸟，
我被带去看鱼。

初来城市的热岛，
被奇怪的手指，
抚摸着，掂量着，
嫌我长得丑，又怕我少了两。
我被带进黑匣子，
身体被刀割，

血肉四处溅，
泪珠大颗往下掉，
手指触不到心跳。

幸好我来自旷野，
故乡的呼唤，
使我忍着痛，
想象着，
屋外有我的山火，
身旁有我的浆岩。

雕刻的人把我带走，
无名指找到了我，
显然我已不是碳小伙。
华灯初上，金光璀璨，
她们欣喜万分，
将我戴着，拥着，
唱着，跳着……
柔软的肌肤抚摸着我，
我却得不到半点安慰。

一年，十年，几百年……
旷野的忍耐，
岩浆的等待，
火山终于怒吼，
从旷野里找来。
疯狂地寻，
拼命地找，
家家户户，
来到城市的热岛。
千千万万的呐喊，
抵抗火山的放肆，
却半点也不肯放下，
那伤痕累累的我。
我呼喊着伙伴，
走失在这纷扰的世界。

那日，
无名指将我带进一扇隐秘的窗。
窗前两条大彩虹，
架在古老的神学院上方。
午后的钟声敲响，

穿行的人群，
从未见过我的身影。
钟声的前方落着，
一条长河，两座小桥。
桥与桥相连，
五米成一拱，
像童话中的积木，
载着熙熙攘攘的小汽车、小卡车，
缓缓蠕动，如蚂蚁搬家。
帆船在桥下通行，
杨柳在风中摇曳，
建筑工人在对岸刷漆，
笑脸相迎，蓝天白云……
未曾想，
这也是城市的热岛。

喷发的岩浆蔓延到窗边，
无名指颤抖着消失在眼前。
我被暖浆拥入怀中，
回到故乡，躺在旷野。
静静的山林，

幽幽的山谷，
矮木陪我日出，
岩浆伴我日落。
没有那人群纷扰，
没有那小桥流水，
没有那河畔金柳，
更没有那白帆前行。

古老的钟声敲响，
我却再也听不到。
毕竟火山不是童话，
我只是，
来自旷野的，
碳小伙。

夕阳在西下

斜阳渗进我的橱窗，
客厅的墙角被照亮。
钢琴架，书柜上，
镀上一层薄薄的金光。

透过橱窗，
我西望那伸手不及的云彩，
时而金光璀璨，
时而紫霞满天。

背靠橱窗，
我注视着冰箱旁边的斜影，
斜影下的旧照，
旧照上的夕阳，
日复一日，年复一年。

路旁那说不出名字的绿树，
静静褪去自己的颜色，
黑黑一片，随风飘动，
衬托着西方那一抹彩云。

夕阳西下，万物寂静，
却不料，鸟儿又落窗前歌唱，
周围的邻居，陆续点亮家灯，
楼下的汽车还在鸣笛，
远空的客机正在拉线，
风中的大树仍在摇曳。

明月还未升起
我回到客厅的墙角，
看着钢琴旁的书架。
那茶壶，那帆船，那狗儿，那人儿，
齐齐望向夕阳，静静等待天明。

波士顿的夏夜

波士顿的夏夜，

伴着海风，慢慢平静。

港湾的露天酒吧，

最后一支钢琴曲结束，

最后一位吉他手关掉麦克风，

最后那个哭泣的女孩，

也靠在友人的肩上，慢慢睡了。

海面退去了波浪，
只有皎洁的月儿，
和水面的光影，
陪着我，漫步在港口的长廊。

长廊白日挤满了挑选纪念品的游客，
熙熙攘攘的身影，
语调不一的声音，
这时都安静了。

唯有夜空的繁星，
还在诉说着什么……
可那悄悄话，
又如同在沉寂的山林中，
偶有小动物发出慵懒的气息。

我拖着睡意慢慢往家走，
波士顿的夏夜，
你终于平静了。

秋语

夜归的车辆，
在山林穿行。
路边的客栈，
熄了灯。
漫天的繁星，
陪伴着秋叶，
还有那未归家的人们。

论孤独

最孤独的恐怕是我，
不信你看，
我想着，坐地铁总能遇到
一些面带微笑的人吧，
可对面的座椅，
连个人影儿也没有。

最孤独的恐怕是我，
不信你看，
我站在广场歌唱，
广场中央那匆忙穿行的人们
丝毫听不见我的歌声。
我一个人在广场唱歌，
最孤独的是我。

最孤独的恐怕是我，
不信你看，
我穿过一个繁华的码头，
可沿街的商铺都关了门；

好不容易遇到几个人，
他们回家的方向却正好与我相反。
我一个人走在繁华的码头，
孤独得很。

最孤独的恐怕是我，
不信你看，
每次来到回家必经的海滨外滩，
身旁的人都结伴游玩，
我却捧着相机，
拍对岸的高楼，和那看不见的黑暗。

自称最孤独的我，
闭上眼，在这被月夜包围的海滨，
享受着这早已习惯的孤独，
海风轻轻吹拂我的面容，
叶子慢慢飘落在我的脸上，
婴儿在妈妈的安抚下小声打着鼾，
野猫经过我的身旁，叫了一声，然后静静离去，
我，躺在这儿，
慢慢找回最安静、最恬静的自己。

栗山夜跑

渐变的栗山湖岸，
围来许多夜跑的人；
宛若那归来的大雁，
与云彩的倒影拥抱。

早秋

早秋的木屋旁，
伫立着参天大树，
任秋色渲染它的枝叶。

大树的一侧，
站着一群唱诗歌的孩童，
任枝叶依偎他们的小脸。

光亮的色泽，
熟悉的旋律，
好似回到儿时的秋千上。

那回荡的欢笑，
灵动的记忆，
任我追寻这正浓的秋意。

假如我是云

假如我是云，
我想来到你常夜游的湖畔，
借着晚霞的光和宁静的湖面，
给你最温柔的面庞。

假如我是云，
我要来到你常嬉戏的海边，
借着海潮的起落和夜空的繁星，
给你最真诚的倾诉。

假如我是云，
我会去到你正午散步的地方，
在你找到乘凉的树荫前，
为你遮挡头顶的烈阳。

假如我是云，
我定来到炙热的旱地，
在你干渴并焦急地等待一场雨的时候，
献上我的身躯。

假如我是云，
我愿去到金灿灿的田野，
沿着广阔的地平线，
用我镶满丰收的衣裳，
绘制一副动人的油画，
永远烙在你的心上。

旧时光

一沉浸书海，
恍如回到儿时，
我倚靠在窗前，
静等斜阳沉过红瓦房。

稀疏的树叶，
随风飘落。
裸露的枝干，
留不住鸦雀的踪影。

指尖的书，
一页页翻过。
雷鸣和闪电，
交替着浮现。

又想起那余温未了的晚霞，
伴着放学的孩子，
伴着农场的牛羊，
慢慢进入旧时光。

红枫

五点的傍晚，天色渐暗，
便利店的门口排起长队，
大坡路上亮着红灯，
地铁站旁的人们，健步如飞。

车水马龙的广场，
没有红得发紫的晚霞，
没有迫不及待、翱翔长空的大雁；
只有暗蓝的夜空，缀着几颗明星。

我坐在广场的长椅上，
望着那久久不愿退去的暮色，
想起昨日瞟见的
那片红枫——
迟迟不愿被风吹散，
想和这个秋天，说声再见。

瓦尔登湖的秋意

阳光明媚的晚秋，
带着无忧无虑的岁月，
来到了珊瑚桃树的湖畔。
铁轨的鸣笛和飘落的红枫，
永远惦记着来来往往的人儿。

冬歌

天上的云，

地上的雪，

你们本就是一家呀。

走着走着，就忘了

走着走着，
就忘了，银杏树已经发芽了。
走着走着，
就忘了，知了开始鸣叫了。
走着走着，
就忘了，秋叶已经落去了。
走着走着，
就忘了，星辰还在我们的头顶。

回首那个午后，
食堂的钟声敲响，
吃饭的同学陆续排着队，
我拿着饭盒，
与你坐在国旗下的石阶旁，
一边晒着太阳，
一边唱着将要出演的歌剧……

那时候，

我们每天都散步，

边走边仰望夜空的繁星；

边走边闻路边的杏花香；

边走边听夏蝉的鸣叫；

也边走边追忆那些散落的秋叶。

好在那时，

你一直叮嘱我，

在将来，没有你的日子里，

不要走着走着，就忘了。

因为不管走向哪里，

银杏树还将发芽，

知了还会鸣叫，

秋叶还要飘落，

星辰，也还在我们的头顶。

海港的夜

许久没有一个人，
在凉风卷起的日子，
坐在海港的夜里，
细细品味她的安静，
和那浮在水面的光影。
今夜的海水，
有了初冬的感觉。

为了活着

为了活着，
我珍视他人，也被他人珍视；
为了活着，
我敷衍别人，也被别人敷衍；
为了活着，
我取悦他人，也被他人取悦；
为了活着，
我无所不能，却发现无所适从……

然后为了活着，
我开始寻求，
寻求在枯竭的荒野上，
寻求那荒野上的清泉，
寻求那清泉中的活水。
那是我的饭后甜点，
搭配最喜爱的抹茶奶糕，
甜到心间，蜜到骨髓……

终于有一天，
我不再去想活着的理由，
抑或，活着的诉求。
那日，太阳光下洒落雪花。
一面是蓝天白云，暖阳入驻，
一面是枯树冰雹，乌云密布。
一个天空，两副面孔，
要说无所适从，那是妄自菲薄，
要说无所不能，那是天方夜谭。

我冒着雪，嘴里含着冰沙，
朝着阳光的方向行去。
那挤满了人的便利店旁，
一个人像疯了似的，
站在十字路口大喊“快跑开，快跑开……”
疯狂的呼喊将我的视线带向人行道，
只见一个四岁不到的孩童，
抓紧妈妈的手，
飞快地踮起脚尖，
朝那急刹车的卡车司机轻声说：
“谢谢您，司机叔叔……”

我深呼一口气，
这才感到，
太阳下的雪，是真的；
荒野中的求生，也是真的。
回头望向那渐走渐远的行人，
感恩，我还活着。

远空的月

远处的下弦月，
侧着脸庞，温柔地俯视着她的地球。
地球上，有红房子，有烟囱，有卡车，有芦苇，还有我。

泛白的云梯像从油画中走来，
借着画家的手，一点一线，渲染着晚晴。
白色的栅栏，是那天的追随者，
追赶着蓝天，伸手触摸云梯。

对面的夕阳，端详这一切，却不愿掺和。
毕竟那夕阳，还是要西下，
靠山而落，落向地球的另一边。

多少年前，我望着彼岸，
眼看那夕阳，沉向海礁。
如今，大山的陪伴，刻画最美的落日。
我站在山腰，眺望着霞光。
每每清风拂过，
升起的烟雾，栏前的芦苇，
都弯下腰，朝我微笑。

它们与我打闹，
陪我走过那些孤独的日子。
我，笑了笑，
回过头，寻那远处的下弦月。
瞧，她还在，
温婉地俯视着大地，
也温柔地抚慰着我。

严冬

古树的衣衫华丽脱落，
光秃秃的树枝，
环抱小木屋的尖圆帽。
小木屋像传说中的小矮人，
表情却迟钝得很，
任凭老树张牙舞爪。

NO

迷路的松鼠爬上烟囱，
弄得房檐吱吱作响。
房屋的主人慌忙跑出，
以为松鼠又来问食，
便向老树撒去果榛。
风起云飘，
主人关紧了门和窗。

地上的果榛没被拾捡，
小矮人的帽檐，多出几个小家伙。
是那平日东窜西跑的松鼠，
露出两颗大门牙，
坐立房檐望向老树，
看那枝杈在光中摇曳。

暖阳从云缝伸出头来，
见不着关起门窗的主人，
也唤不醒愚钝的小矮人。
唯有这光秃的古树，
在风中悠然起舞，
丝毫不觉严冬的寒冷。

圣诞季初想

十二月的圣诞季，
屋里屋外，忙前忙后。
墨绿的圣诞树正换新衣，
闪闪发着光，静候小鹿和马车。
被彩灯照亮的落地窗，
仿佛刻画着百里外的松木林。

想象某个太阳初升、雾气未散的早晨，
人们穿上雪地靴，
踏足那松软的树林。
身旁的小鹿睡眼惺忪，
手中的松木散发清香，
小草们化着晨霜，
孩童跟在小柯基的身后，
天寒地冻，却活蹦乱跳。

那个清晨，我和小伙伴也在雪地捡松木，
屋外白皑皑一片，
零星几人打着雪仗；
屋内的主人点亮壁灯，
壁炉吱吱作响，
坐在一旁的老奶奶，
为心爱的孙女织着羊毛围巾。
我坐到灯火前，
继续着圣诞季的初想。

像星星一样

栗子山啊，
我时常感受着你，
从旭日到夜幕。
你伴我一路走来，
从初春到冬末。

每一年的花季，
我都朝你奔去，
将我的双手，伸向你的湖镜；
每一次的雨季，
你都沉静自己，
用你的臂膀，拥抱我。

记得那年冬日，
我坐在草地哭泣，
周围的人暗自叹息，
唯有栗子山，
你一边与天鹅嬉戏，
一边轻抚我的额头，
不带任何责备，
不带一丝怒意。

栗子山啊，
如果还有下个世纪，
我会来到你的身边，
还要仰望你的星空。
因为，你就像星星一样，
给我光亮，陪我安静，
温柔而谦和，仁爱又恩慈。

A R R O

致《季·忆》

假如生活欺骗了谁，
至少你还活着，
像泉水一样，
流淌在山间，
也流入了我的心里。

A R R O

生命如流光，

记忆在四季旋转。